baldio

gralha rara

baldio

poemas (2009–2017)

rodrigo madeira

Ateliê Editorial

KOTTER EDITORIAL

Arte da capa: Marcelo D'Angelis
Revisão ortográfica: Kotter Editorial
Projeto Gráfico: Fernando Ribeiro
Editores assistentes: Bárbara Tanaka
Cristiane Nienkötter

Editor: Sálvio Nienkötter

Dados Internacionais de Catalogação na Publicação (CIP)
Andreia de Almeida CRB-8/7889

Rodrigo Madeira
Baldio: poemas (2009–2017) / Rodrigo Madeira. – Curitiba : Kotter Editorial; Cotia : Ateliê Editorial, 2018.
116 p.

ISBN 978-85-68462-54-6 | Kotter Editorial
ISBN 978-85-7480-791-1 | Ateliê Editorial

1. Poesia brasileira I. Título

18-0252 CDD B869.1

Texto adequado às novas regras do acordo ortográfico de 1990, em vigor no Brasil desde 2009.

Ateliê Editorial

Estrada da Aldeia de Carapicuíba, 897
CEP: 06709-300 | Cotia | SP
Tel. +55(11) 4612-9666 | +55(11) 4702-5915
www.atelie.com.br | contato@atelie.com.br

KOTTER EDITORIAL

Rua das Cerejeiras, 194
CEP: 82700-510 | Curitiba | PR
Tel. +55(41) 3585-5161
www.kotter.com.br | contato@kotter.com.br

Feito o depósito legal

1ª edição
2018

Sumário

looking up at the stars I know quite well
that for all they care I can go to hell

w.h. auden

imitons la ténacité
de cet insect qu'on méprise

apollinaire

rancho das varejeiras

amor tão grande, nunca visto,
beijar sempre os lábios do lixo.
dor de cabeça, gozo, vício
em restos sem qualquer espírito.
o despejado no esquecido:
xepas, trapos, cacos de vidro;
o descartado e sem amigo:
féis, bagaços, caixa de pizza;
o desdentado e absurdo lírio
mais legumes apodrecidos.

tipo assim, floreira de esquina,
desastre calmo, entardecido,
oferece o monturo ainda
(que importa o minério da sílaba?)
herói, amada, estrela extinta:
sem nojo, o despojo de um livro.

mosca morta

a retórica das moscas.
o latim das moscas.

as enciclopédias de uma única
onomatopeia.

há algo de eterno
na mortalidade acicular
de seu discurso

(diferente dos homens)

. .
.

moscas-contra,
pássaros-não, pelo
contrário, para
desmisti
ficar a translucidez do ar

sobre os chassis dos corpos,
varejar a sobra,

vestir de asas a carne

2

ou tudo não é senão isto:
no viscoso humor vítreo,
muscae volitantes, apenas uma
luz endoidecida
na retina da página

3

uma mosca (Esta)
arrenda todo o espaço
da sala

latifundiária provisória
latifundiária da tarde

(do efêmero
de uma sala à tarde)

latifun
                diária

4

Esta
        especi
            fica (imóvel)
        mente (antimoscamente),

morta sobre a fórmica
.
pousada nela mesma
.

dê-lhe alma eterna
e ainda agora corteja
febrilmente
o que de si for resto.

dê-lhe a mínima
transcendência
e a mosca, fidelíssima,
será a mosca de si mesma :

quatro peças para ferrugem

a)

parafuso.

não de rosca soberba
para chapas de metal.

segurou quadros? fixou,
sextavado, o esqueleto da cama?
emprenhou porcas, coadjuvou
dobradiças e roldanas?

um tendão de aço
que não vale
nada sobre nada.

existirá,
sem qualquer bênção de deus,
centenas de anos

b)

skol cerveja pilsen
beijou os lábios da mulher
no verão de 85?

as axilas do tétano
cheiram a ferro de sangue.

esta veio dar na praia.

quando o sol bate
no único cm^2
ainda brunido e intato
da folha-de-flandres,

brilha mais que diamante

c)

              pô,
e quem nunca viu
        um arpão
        oxidado
no meio
        de uma cidade
        sem praias?

d)

o quarto objeto
é um poema.

(não costumam ser
inventariados em capões
ou ferros-velhos,
comidos de ferrugem,
os poemas.)

ninguém o leu,
ninguém
sequer o escreveu.
baldio,
sem o que ter sido ou dito,
ninguém diz
"um poema!"

mais agora
que a lepra
do metal o faz
– no chão vermelho,
ervas rasteiras do alfabeto –
ainda mais patético
e ilegível

newton da costa

p/ thiago autran

nada é tão raso
como a página,
acima da
credulidade
da gramática.

uma con
tradição,

paraconsistente
espanto:

o peixe vivo
(ágil furtivo)

na página

é um peixe morto

boiando

2

como pode na página,
sem profundidade física
(sequer a poça),

caber   abismo
queda   (?)
altura

por ex.:
morte
vida
sono
perfume

o mergulho

e um palhaço então salta –
com seu mínimo guarda-chuva,
seus imensos sapatos, asinhas
pintadas nas boias
de braço –

do vigésimo andar, da
vigésima vértebra, para
aterrissar

(supermilimequetrefemente)

na página

da poesia

a bala é falsa
mas o sangue é de verdade

três poemas falando sozinhos

I - AUTOCOACHING

[num canto do ringue]

você tem que se defender, cara.
você tem que se defender e
contra-atacar.

direita, esquerda. jabs,
uppercuts, diretos, ganchos.
cuidar da linha da cintura e
levantar a guarda. antes
que o rins explodam,
que o supercílio aberto,
como uma flor na chuva,
te ensope de sangue.

teu cartel tem bem mais
derrotas que vitórias,
mas você é osso duro, cara,
você é carne de pescoço.

se você fizer feio,
nunca mais te agendam nada, tá
ligado?, cê pendura as luvas
amanhã mesmo.

é bem provável
que ninguém esteja te vendo,
que ninguém esteja assistindo
esta droga de luta. é muito provável
que ninguém esteja sequer
te socando.

você só precisa ficar de pé,
você só precisa
ficar de pé.

a única pessoa que ouve
a extensão de tudo que dizes
que lê tudo quanto escreves
de cujas vísceras (raízes fezes)
sente o próprio peso a pele
como a fuselagem do besouro
o único afinal
na barca de teu fôlego
asmática âncora cânfora
corda frágil já roída
respiração lastreando a vida
– somente uma imagem que dê conta
do espelho inventado
inverossímil –
sou eu mesmo
                    e a despeito

(autoevidente canhestro
como este poema em que insistes
e escrevo)

                    o que não desfaz
                    teu mistério

não precisa inventar a pólvora.
outros já inventaram.
basta pegar essa arma que já estava
bem aí, nessa escrivaninha,
quando você chegou.
outros, antes de você, também
haviam chegado. outros também
empunharam essa arma que, eles também,
não haviam inventado.
mire, prenda a respiração de cada
palavra e mire. não se preocupe, outros,
alguns bem melhores que você,
já fizeram esta mira.

não se preocupe,
o coração do mundo
é indestrutível.

agora, sim: com seu dedo tensionado,
seu ódio e vontade, sua paixão e seu medo,
com seu frio calculismo e todo o amor
que houver no seu peito

– aperte o gatilho.

dos poetas

poetas nos ajudam
a incompreender melhor este mundo

kazuo ohno

p/ l. f. leprevost

o antemorto dançarino de butô
é marcescente ao vento, botão de flor

o antenascido dançarino de butô
é milagre no ventre, fim de flor

é o espírito usando a carne
pra dizer o que a carne não sabe

é o espírito usando a carne
pra dizer o que nela não cabe

o corpo que usa o corpo
pra dizer o que quer que no corpo
não fale

a dança do cadáver, do fantasma
em louvor à vida, antes que a dança da vida
acabe

issânicas

[numa escrivaninha, diante da página]

no branco da folha
o ideograma de mosca
é a mosca que pousa

「蝿」

kobayashi issa?
será você essa mosca
que então me visita?

「蝿」

pousada na folha —
indiferente às palavras
a mosca que voa

omar khayyam

e o dia é apenas
a pálpebra da estrela

borgeanas

I - AS RUÍNAS CIRCULARES

não morreu
(pra morrer é preciso
que se permaneça vivo,
verbo que pleno se conjuga apenas
no presente do indicativo).
baldeou-se, no duro, a um tempo mítico
– *noite unânime*
ou amanhecer sem pássaros,
tarde sem moscas e formigas –
em que um homem é todos os homens,
uma era é todas as heras
sobre um muro de ruína.
não deixa mulher nem filhos,
gado apartamento livros.
lega propriedade vazia, gordurosa
memória pegada às línguas,
pálpebras dígitos gengivas
daqueles que (preciso fora reconhecer
um corpo) o conheciam.

II - O IMORTAL

morrer não é fácil, mas
se lhe negassem
os deuses
a humanidade acesa
e trêmula,
direito universal
à própria morte,
inventário de amor
e medo
circunscrito ao tempo,
o imortal, estúpido
de tão eterno,
esgotadas as vidas
possíveis e desejáveis,
sentaria sobre a pedra,
ficaria ali, quase
sem memória – quem fui,
homero? – salinizando
os tornozelos
por séculos
e séculos,
ficaria
ele mesmo
cristalizado, pedra caso
pedra respirasse,
até que vento e
água dispersassem
sua carne feito areia.

federico

afuera
la luna
de granada
(¿o madrid? ¿o
nueva york?)
es una
lámpara
de aceite

afuera
las cigarras
son más
numerosas
que los hombres

y tú
lleno
del lenguaje
de flores y
piedras
sentaste
dentro de la casa
o estudio

tú y el fotógrafo
cómplices
de la tarde
desplegando
su lengua hirsuta, olorosa
afuera en la tarde

(la foto de voces y perfumes
nadie la sacó)

tú
sentaste
el cuerpo oblicuo
el corbatín
a propósito
torcido
el rastrojo
en los labios
la caña del trigo
espiga del maíz
mal
granado

las cejas
de urticante
líquido
flores de
tabaco
el pelo
oleado
mar
de grasa
grajos
golondrinas

miras y casi
sonríes
más allá
de aquel agosto
noche
(amplio
carbón
de toros humillados)
la noche
en que te mataron
tu carne llena
de semillas

(en el suelo de granada
una granada caída
bajo la copa del árbol
que se llama andalucía)

miras
dentro-fuera del tiempo
miran

tú
– la lámpara estalla
huye al galope el caballo – y
tu cadáver

que el fotógrafo
embalsamó
con luz

s/ título

formas geométricas
(mesmo escuras intrincadas)
são simples e claras.

belas afrásicas
pisam
vaidades
como quem pisa
no silêncio da noite
uma estrada de cascalhos.

olhe, meu caro:
o floco de neve
os losangos da pele
as portas e janelas
um prédio de quinze andares.

fosse geométrica
a alma

(e não apenas
telúrica ou
metafísica)

que sentido faria
nosso medo da
morte
?

reloj'aria

nasce da vida
                        pra produzir
mais vida
                                              nasce da vida
                        pra produzir
mais vida
                                              nasce
                        pra produzir
mais vida

nasce   da vida
                        pra produzir na vida
mais vida
                                              nasce da vida
                        pra produzir
mais vida
                                              nasce
                        pra produzir
mais vida   na vida
                                              nasce da vida

                        mais vida

2

impressionante sua pressa
de eternidade: nada dura
a ponto (flor que nunca seca)
de eterno em eternas estufas.

criar também é ser medido
por inopinado, elusivo
(e as musas também são cardíacas)
relógio monótono que,
mesmo ao que ainda irá viver,
cante a contagem regressiva.

3

a arte afinal, se vingar, é isto
?

drosófilas no eterno pomar,
fósseis falsos de mito,

relógios de corda do mar,
ponte-safena no infinito
?

avulso

a eternidade era um colibri
bebendo o açúcar dos relógios

[ah, Vida,]

me deixa subir e cair e subir novamente
aos Céus das Coisas Efêmeras
com estas asinhas de mosca

[a felicidade,]

cria de nossa tristeza,
ficará como deve:

no ombro do idiota,
leve, trama de palha
em lugar das vísceras,
um pássaro verde:

desajeitadamente alegres
entre pernas e perdas.

exercícios banais 1

foi uma revelação

terrível
alegre
boquiaberta. eu tinha uns seis anos
e descobri: vou morrer.

depois

com dez anos mais ou menos
vi de fato
a primeira mulher

foi uma revelação

terrível
alegre
boquiaberta. eu tinha uns dez anos
e descobri: e vou amar.

epigrama

os homens desceram da árvore.
as mulheres saíram do mar.

cum(mings)

seven o'clock
time on
(the top
of)time,you
r naked (some)body
& my
(no)body
made of time

in
me
diately
(time on time
makes
eternity)

& we die

and
reborn
several times

                                        seven oh clock!
just
before
one(twobodies)
past seven
full of nerves & never

mores,s
we(e)t'n'
sour

oh my!which brings us to the usual mortality of h
ours

ex-votos

francisco, tentação de clara,
clara tentação de chico.
e o fato de, se amando,
não se amarem, mais
que a pobreza extrema, mais
que as ceias cobertas de cinzas,
foi-lhes o supremo sacrifício.*

* [1212 d.c. – por aí –
sob o céu lápis-lazúli de assis.]

hoje, não: hoje tudo é
permitido. deus é pai, deus é mãe
e deus é filhos.

os dois irmãos e amigos,
os dois jograis de deus em deus unidos
amam-se enfim dum amor físico
– no chão, nas matas, nos catres
de palha e feno e lama, nas grutas –,
amam-se além das reticências e das culpas,
na cama infinitamente estreita
do impossível.

dafne

(...) und die verwandelte Daphne
will, seit sie lorbeern fühlt, dass du dich wandelst in Wind.

rainer maria rilke

no bosque fundo, o mundo canta e é mudo.
(e o mito que nos mente funda tudo.)
as ninfas são, as ninfas dão... mas uma,
não – aquela: a ninfa-nunca, a fulva dafne,
filha de peneu, pomba sem milhafre,
que nunca amou ninguém por nada, em suma.

no bosque fundo, o mundo canta e é mudo.
(e o mito uma vez mais bagunça tudo.)
amor que folga ou falta entorna o frasco.
bem-me-quer, mal-me-quer, as duas flechas
somaram sim com não – e a conta fecha?
o amor em desencontro encontrou asco.

dafne dispara, e a crina solta as tranças.
(um deus, mais do que um fauno, jamais cansa;
o que cuspiu cupido não se evita.)
fugindo ao deus que louco corre à cata,
correndo seminua pela mata,
o desespero a deixa mais bonita.

e à sombra do milhafre sobre a pomba
(cupido entre as folhagens ri-se e zomba),
suplica a presa, a fuga quase finda:
– eu quero ser loureiro que não ama!
loureiros não são feitos para a cama!
mas natureza é mais que mito ainda...

de estar tão arvorada, a lenha exposta,
o corpo se arrepende e quer e gosta
e agora, aberta em flor, é só malícia...
só pede, em vez de apolos, afrodite:
que feita brisa a beije num convite,
que vente por seus louros em carícias.

cicciolina

loira falsa e libertária,
la puttana, cara llona,
muito mais que mercenária,
liberava sua cona.

provável, se atriz não fora,
que ela não cobrasse nada,
feito a menina de outrora,
amiga da garotada

e força da natureza,
dando à toa, dando à vera,
já cingindo-lhe a cabeça
coroa de flores e heras.

se ontem mesmo não foi séria
nas surubas da política,
venerável e venérea,
outra messalina mítica

(a sex-sêneca pagã,
de putada expondo as tetas,
quase apaziguou saddam
prometendo sua greta),

que dizer daquele tempo
em que dava a três por quatro,
em que nós, cheios de alento,
a louvávamos no quarto?

não tornou gostoso o dia,
ninfame extraordinária,
e ensinou quem mal sabia,
professora abecedária?

e no cine morgenau,
aos homens cegos de breu,
homens sós pelo ervaçal,
quantos sóis ela acendeu.

diz do sexo que é sombrio
quem não viu em cicciolina
a rosa primaveril
abrindo-se, proserpina.

mais que o sexo, a própria vida
é sombria – sete selos.
se o que nasce é despedida
e sofrer é dor, não rima,
o sexo ainda ilumina
um quarto de pesadelos.

brancusi
(*muse endormie I,* mármore, 1910)

não o ovo da serpente, não o ovo de colombo, da fênix
ou de harpias, não o obus que esfarinha
o nariz de alguma esfinge

um rosto apenas como
a equilibrista
mas

              adormecida

mas

a equilibrista
              adormecida e
              nua

e nesse rosto
tudo

(o dorso
os quadris
o pescoço
               os pelos
               e cabelos
               os pulsos

               as mãos
               os pés os dois pés
               os tornozelos

os lobos das
orelhas

as ancas
os lábios
a língua

a boceta
nádegas
virilhas)

o rosto e sua sombra
o rosto e todo o alegre escombro
do amor físico

2

mais mais ainda:
mesmo nua, inteiramente nua
no invisível, todo
o artifício:
os brincos
os vincos
as alfombras em que vai
deitar no meio do dia

e mais ainda:
os mil e um vestidos
os desvãos, abismos
as fendas dos vestidos
e mais mais ainda:

a ausência urgente e rubra
do vestido

3

o desejo
não tem pálpebra

o desejo
dói (ou
quase)
ao relento dentro
da gente

no centro
da insônia

como
um mendigo
na marquise de outro corpo

4

em suma
o sumo
do rosto
do mosto

e tudo
o que vai exposto

num corpo (em bagas
parreiras gostos)

que nunca vai ser
visto
(entornado ou
bebido)

só um rosto (e
tudo exposto:
bagas parreiras
gostos)
duma mulher concisa

o sono leve
(volátil como
éter)
mas
de pedra
(eterno e ébrio)
imóvel e
maciça

ali

deixada

no cimento frígido
nos campos queimando
de trigo
naquele imenso
vinhedo
que não existe

e apesar de
tanto
peso

– como a pluma
que cai
e não toca jamais
o chão –

a uva que cai
(a chuva que cai)
e não toca jamais
o chão

5

como se a pedra pudesse
ser inteiramente aberta, mais
que a flor aberta, mais
que o horizonte aberto
e transbordado

as pernas
abertas, espalhadas
a vida aberta e
despejada

a pedra

sem vincos pregas pálpebras
(aberta) no tempo
sem portas pilares janelas
(aberta aberta)
fora do tempo

aberta de tal modo que
a nudez, invisível de
tão baldia e escancarada,
ninguém pudesse enxergá-la

a olho nu

PS -

se o maldito segurança não me olhasse
agora
mesmo, não ouvisse
desconfiado
meu coração
batendo

com as costas da mão
eu faria um
carinho lento

e beijaria
os lábios
– boa noite! –

dessa simples pedra branca
abandonada

(‘)

de todas as flores que há no mundo
– cravos bromélias rosas amarelas jasmins ou violetas –
de todas as flores que recendem pelo mundo
– nos bosques becos floreiras lapelas e alamedas –
a flor-elipse flor oclusa (sexífraga
flor fendendo as pernas) a flor mais
funda flor da mina a flor mais
rara a flor mais
dela

um salto

acho que os chineses
é que dizem: depois da iluminação,
a lavanderia.

que nem a gente.

dois peixes luminosos que se tocam
no ar irrespirável

            e caem de novo nas águas
            escuras e calmas do rio.

debaixo do céu

e se formos corpos celestes
extintos há milhares de anos?
desde sempre para sempre
sem margem maior do que o tempo
pra no pináculo dum contentamento
deixar soprar mais um engano.
e se formos corpos celestes
extintos há milhares de anos?

(no entanto, minha menina,
a vida é tanta...)

e se formos corpos celestes
extintos há milhares de anos?
o efêmero real insólito
intervalo em nossa ausência
a viagem da luz frágil e intensa
que me deu tempo o bastante
pra escrever um breve poema
e dizer simplesmente
(à luz de estrelas talvez mortas) eu te amo

exercícios banais 2

há lugares onde a saudade, não fosse ela inopinada
e irrecusável, se exerce com método:
nos bancos de praça, pelas janelas
do quinto ao sétimo andar, diante do mar
nos alpendres dos sobrados, no interior do goiás
dentro dos ônibus interestaduais
e nas penitenciárias.

há lugares onde a saudade, não fosse ela inopinada
e irrecusável, não encontra passagem:
na rua XV do zênite, no pega-pra-capar do trânsito
na fila do banco, pelas escadas carregando compras
em frente aos muros pichados, nas lojas de sapatos
celulares e ares-condicionados
dentro de túneis, elevadores e mictórios.

tap water

não lembro o dia quem sabe
chovesse em cordas fazia sol
o céu era a tirania do azul quem sabe
tatiana serei sempre seu larissa
borboleta coberta de **formigas**
quis e quis a beleza da vida quis a morte
o vento vadio vasculhou o vestido da velha
o vento lamenta mas não sofre
umedece e flamula as camisas e **sexos**
ivo via a uva das vizinhas
mas isso eu não sei talvez se soubesse
da **escola** de paredes verdes mas não tenho
certeza sentisse segurança sabendo
que a vida presente se escora em algo
não dá pra saber como é mesmo a palavra
água de beber totalmente embarrada
a infância as infânsias seu alzheimer
foz-iguassuíno foz-iguassuado
caminhando sobre o fio dos **ponteiros**
a pedra onde sentei aos dez anos
talvez saiba de mim se algum dia houvesse
aos dez anos a tal pedra um travesseiro
amaciado pelo tempo se é que fui mesmo
criança tive pais irmãos cachorro
latindo à passagem dos carros e instantes
num verão de **jasmins** embriagado
fósforo da eternidade deflagrado à noite
e as pequenas minúsculas moscas
que esmaguei com as mãos espalmadas no box
do banheiro eu lembro sem maiores
culpas ou medos **memória** do inferno
dentro da igreja comer a maçã coçar-me
o passarinho sob a laranjeira
debruar o ar morno como na beira
de um rio resta música e musgo
finzinho de tarde finzinho de **mundo**
cigarra roída de formigas cortadeiras
sobre a árvore em frente ao **espelho**
ouvindo a chuva canções de fábio e roberto
aquela palavra aquela tarde aquela
que eu não esqueço e não lembro

voltei há um ano.
comi amoras no pé, as mesmas
amoras.

o pé era o mesmo,
meus pés cresceram.

não voltei pra casa, mita'í, piá de
bosta. não voltei, pequeno
caçador etíope,

deliciosamente espancado,
a hering ex[illegible]
frut[illegible]

a amo[illegible]
que pe[illegible]
penda n[illegible]

se não esc[illegible]
não passa [illegible]

---

nota de rodapé de árvore

paul klee

como manoel de barros
no terreno baldio das palavras
ou miró pels carrers i
colors de barcelona,
com 40, 50, 60 anos
e a maturidade plena
desse assombro de criança,
escolheu como último destino

morrer na infância.

ex machina

uma gaivota
surgiu na praia.

planou 15 segundos
diante dos meus olhos,

o mesmo tempo
que um menino leva
para viver a infância.

ela quis me dizer algo.
algo em mim quis me dizer algo
à visão
telúrica mais que angélica
da gaivota.

mas ela se foi
tão súbito como se eu
lhe desse as costas.

(e nunca mais fui à praia
ou vi uma gaivota.)

o que quer que tenha dito,
eu não ouvi.

polaroide

[numa estradinha de são josé]

naquele momento, a noite imensa em todo o hemisfério
foi a sombra daquele velho
curvado e sem história

aylan kurdi

não morreu a história.

numa praia pedregosa
de halicarnasso, terra de heródoto,
não morreu a história.

melhor seria
que o fósforo de hegel, riscado
nos faróis e cátedras
de quantas teleologias,
não apagasse tão fácil
ao sopro de uma tempestade.

toda praia é tautológica,
argos que roesse e roesse, aos pés
de penélope e do pélago,
os infinitos ilíacos de homero,
baralhados e cuspidos
feito búzios.

amanhã ou depois,
um cão desmemoriado,
apátrida, dormirá talvez
naquela mesma praia
da turquia.
                (um cão,
                um turista,
                uma criança viva.)

não morreu a história.
numa praia pedregosa
de halicarnasso, terra de heródoto.

[set. de 2015]

(abdullah kurdi)

e a concha espraiada
guarda na concavidade
o grito de um pai

ready-made

[trípoli, 2011]

no maior hospital da cidade
o relógio é a única coisa
que funciona*

---

* em reportagem de marcos uchôa.

notícia

as moscas,
ninfas do mijo e outros
cheiros bravos da tarde,
não as tágides,
cantaram à vontade

sobre o corpo
extraviado
de um tal d. sebastião

exercícios banais 3

uma mosca pousou sobre o rosto
do homem já morto. nem o morto
nem a mosca sabem – como nós sabemos,
e como – que o homem está morto.
nem o morto nem a mosca sabem
o que é a morte, o que é o homem,
o que é a mosca.

moscas dormem? onde dormem?
o que sonham?

não é fácil entender uma mosca,
seu motor antiquíssimo, seu terrível
hálito inodoro, a febrícula, a alegria maníaca
diante dos restos.

não é fácil entender, enquanto se vela, a mosca que voa
do rosto baldio, a mesma que pousa
em cima deste canapé.

uma joia

carbono elíptico.
único.
puríssimo (a sujeira toda da vida).

modo artificial de fabricação:

a) carvão
b) brasa
c) cinzas

d) o cheiro feroz nos cabelos
e roupas

* a última clivagem é restar,
do cheiro feroz,
uma lembrança

2

em estado
bruto e pensado,

a gema
(alheia
às 58 facetas)
não veio

das minas negras de angola,
nem arfou nas mãos
de lapidários belgas.

não foi desentocada
meticulosamente das
entranhas da terra.

do cuspe de gêiser,
de águas paradas,
da fenda escavada
no tempo
mais
que fundo de cava,

da entranha das entranhas,
prorrompeu:

3

verruga de
diamante, rastro de lesma,
pingente: lágrima quase invisível
no pescoço infinito
da mulher

CCIX

saudade a princípio
são ossos extras que frat-
urram
no espírito: ossos
da mão, de não
segurar o fugitivo.

só o tempo tira aos ossos
a rejeição, o estrangeirismo, a briga.

primeiro nervos, dor
fantasma (mal-
assombrada)
latejando à noite.

depois
a carne
que nasce ferida
e no acúmulo de tardes e urina
cicatriza
em pele, perfume, doce e fina
sobre as falanges.

ausência.

fruto negativo mas maduro
a hora de finalmente
dizer da perda:

já nem incomoda tanto
o sexto dedo
na mão esquerda.

souvenirs

*

até quando encontrar
seus fios de cabelo
no meio dos meus livros?

*

agora
imagine
uma
caixa
torácica
de
bom
tamanho
acústica
saudável
onde
pulsasse

bem-
acondicionado

do
lado
esquerdo
do
peito

um
baço

*

outro dia mesmo, vadiando as gavetas,
topei com uma de suas costelas.

o que um dia foi pra mim
lua crescente, pente,
bumerangue de marfim

(e – ainda – quantas vezes
arco para violinos genoveses?),

hoje é só um souvenir
de timbuktu.

*

depois talvez sorrissem, se um deles
perguntasse, patético, aturdido,
na noite exumada:

o único osso
que resta do nosso
amor decomposto

é a lua,
essa mesma lua
linda lá no alto?

*

(não que fosse aquela nudez
o primeiro alumbramento.)

cê lembra?

ali parados, o coração batendo,
surrados
por uma corja de borboletas.

*

não é o tempo, necessariamente.
não é da alçada dos relógios.
o vento

é que comove as árvores, despenteia
o móbile das lembranças.

janela aberta c/ mulher debruçada

em meio a tantas janelas cegas,
uma única janela aberta: só
nós mesmos para concebermos
o pesado caixilho (o peso
do mundo inteiro) assentado
sobre duas borboletas

asa avulsa

e a morte tem quase o tamanho da vida:
malferidos, melífluos, na virilha
do nada, dois pássaros abatidos

sobre a réstia de sol
que atravessa
a cama

arqueologia

p/ guilherme gontijo

a aurora é tão viva, tão nova
e antiga, que seus únicos fósseis
são os pássaros vivos (o canto
violento dos pássaros vivos), são
os únicos fósseis possíveis

ontológica

só
quando
quebram

as coisas

(uma jarra
por exemplo)

por um
instante

naquele
exato e
insustentável
momento

despertam

uma conchinha na margem do estige

o tempo, a tudo
atento
concha toda
ouvidos

nos ouve
(há tanto
tempo)

apenas
com seus olvidos

o amor

uma mosca
voluteando em torno
de outra
        diz “não morra

hoje

que a vida é pouca (é bela é podre) e eu

te amo
        para
        sempre”

velho acordo ortográfico

p/ raul pough

sem
a flexão do
circunflexo,

o substantivo
de voar
é um pássaro
sem asas.

o
voo

^

é mais belo

quando dormem
os últimos gramáticos

lexicais

GASOLINA, das mais belas palavras que existem. há coisas que são mais belas na língua. gasolina, assim queimando nos lábios e papilas, é mais bela que jasmim ou lírio. mais bela que margarida – e ainda mais recendente: um cio de catástrofes.
certas mulheres febricitantes, do lado de dentro do espelho, viram um frasco de gasolina no dedo e espalham a gotícula – uma gota apenas – atrás da orelha.
só a poesia é capaz de jardinar gasolinas, reduzi-las a potes de mel ou açúcar.
um galão de gasolina é um vaso de flores.
perigosa espécie, que atavia com fogo as vestes e bem pode envenenar o mundo. monstro em flor, flor em chama (flamulando) no olfato de outras palavras.

*

também VARIZES. no plural. topografia ou lavoura. a pronúncia do cloro que escapa pelas frinchas. a palavra perdoa o corpo. veio de varizes: cordas vocais arrebentadas na panturrilha. raízes aéreas onde um animal ferido pousa.
pregas de seda, embutidas, que um mascate turco leva
sob o nojo inestimável e a fazenda.

*

último exemplo: CIGARRO. palavra que não dispersa no vento. não anela, não coleia. sem partes moles ou aéreas. como serragem, garrote, osso. como se houvesse uma sílaba apenas. um único pigarro e movimento: voz na pedra do isqueiro. cigarro fecha as janelas e incendeia o ambiente. cigarro mata, fede, empretece os dentes. uma perda de tempo. cigarro é das palavras mais sensuais que conheço.

epígrafe encontrada nas ruínas dum incêndio

pra que o fogo torne conciso
o que o fogo não torna em cinzas

exercícios banais 4

já conheci
crianças armadas e bêbadas ensandecidas
policiais às três da madrugada em lugares ermos
já senti na pele metralhadora, faca, estilete
já voei em aviões que cairiam
tive praga na fazenda, doença grave, morte na família
enfrentei crises, desemprego, acidentes, filas
já olhei nos olhos do meu assassino...

mas nada, nada é mais aterrador que a normopata
num guichê do DETRAN.

écloga ligeira

[livremente inspirada na obra inexistente de virgílio]

EDIR

que fazes aqui, capeta,
tão mudo de pregações,
num prado de tentações,
abordando essa ninfeta?

eu te flagro, coisa ruim,
pastoreando seus pecados
com seu bordão tridentado
entre as anjas de escarpim.

VALDEMIRO

e tu, encosto nefando,
que fazes então aqui?
fui quem primeiro te vi,
olhos saltados, babando.

foste flagrado, seu cão,
entre os montes concretados
e rebanhos desgarrados,
sem tua bíblia na mão.

EDIR

eu-eu vim por madalena,
em-em nome de jesus,
vim como vindo da cruz
trazer luz a uma falena.

(dirigindo-se à falena)

o reino do senhor tem,
maior que as delícias vãs,
amor infinito. irmã,
aceita jesus! amém?

VALDEMIRO

e eu-eu lá sou publicano,
eu-eu lá sou embusteiro?!
que me custam uns dinheiros
pra arrancá-la ao desengano?

(dirigindo-se à falena)

meu amor vai mais além,
e deus dá mais do que as putas.
ouve, encosto! encosto, escuta:
ou é minha ou nossa! amém?

EDIR

isto é uma prosperidade,
uma baita obra de deus,
convencer quaisquer ateus
aos cajados da verdade.

filho pródigo, ó pastor,
vamos con-ver-tê-la juntos!
ao inferno outros assuntos,
se infinito é o nosso amor!

VALDEMIRO

deus é pai e deus é pau
– universal ou mundial –
para toda e qualquer obra.
se o pecado a deus se dobra,
ao inferno outros assuntos:
vamos convertê-la juntos!

FALENA, MADALENA, IRMÃ E PRIMA

amém, amém, meus irmãos,
mas não tenho a noite inteira!
pra que tanta embromação,
tanta conversa fuleira?!

eu não quero nem saber
quem é santo ou quem é ogro:
se juntos vão converter,
eu cobro de cada o dobro!

aniversários

[recortados do noticiário]

a)

não sei se ouvi
direito
a porta do
banheiro
entreaberta
(a tevê
falava
de um
eslavo
talvez
o mais velho
do mundo) e ouvi
(mas

não tenho certeza)
um senhorzinho
da cracóvia ou
sei lá
de que canto

à inevitável
pergunta
dizer
"o segredo

é continuar respirando"

b)

misao okawa quando
perguntado
se estava feliz por seus
116 anos respondeu

“mais ou menos”

um navio no espaço

[guairinha, março de 2010]

assim que, no último instante
do último ato,
o grande ator cai
estatelado,
já não sabemos ao certo
o que é arte, o que é vida,
ensaio ou acidente, construção ou
ruína.

o ator caiu
e não sabemos
(neste lapso)
se é texto e rubrica, metáforas
para ana cristina, ou
uma queda simplesmente.

não sabemos, pelo menos
não até que um contrarregra atabalhoado
acorra ao palco e
o reerga.

então fica claro.
é tudo verdade mas
poderia ser mentira mas,
a esta altura, dá no mesmo.

é a vida, é a hora do aplauso.
e paulo josé, já de pé, em cena
aberta, dói agradecido.

vida

1

quando a morte abriu a porta da garagem, anne
sexton, vestindo o velho, memorioso
casaco de pele,
acelerou.

2

aquela noite, num palacete de mitos, dylan
thomas, trôpego, bêbado, abrindo-se
a braguilha, regou o belíssimo
vaso de flores de seu ídolo.

chaplin ficou ultrajado. chaplin, o escada,
o que caiu de bunda, o polícia.
aquela noite dylan thomas é que foi
carlitos.

3

um segundo após fantin-latour
apenas esboçar o coin de table,
arthur rimbaud, com o mesmo
punho que sustinha delicadamente o queixo,
socou a mesa.

wildside lullaby
(ou: marcos prado voltando do inferno)

p/ ivan justen

é, piazada,
é mesmo possível
que os pulsos cortados
da chuva
e um sol suicida
embolorem as línguas
e apenas permitam
– empapuçadas
de flores, delírios,
birita –
o dialeto do lodo
sob luas de mentira.

mas é certo que ainda,
à noite em veredas
– nas praças e becos,
na teta das tretas –,
ridículos,
empiolhados de estrelas,
nós cantaremos.

como não canta o pássaro,
como não canta a máquina,
como não canta a morte
(a chatíssima jaguara),
nós cantaremos.

e de novo.

como só canta o Tempo,
piazada,
e no Tempo o fogo,

o barítono brutal
que há no fogo.

da poesia II

poesia
este sol de artifício

faunos, centauros, silenos

metade de mim
só diz a verdade:

quando quer mijar, mija
quando quer comer, come
quando quer amar, se
um corpo se abre diante,
ama.

a outra metade mente
mente mente desbragadamente
e mentindo se inventa:

quando quer mijar, discursa
quando quer comer, jejua
quando quer amar, se a folha
em branco se abre diante,
escreve um poema.

hunos

como sou autor e gosto de tontarias,
como nada o obriga, ó cioso leitor,
a emprestar-me seus olhos e tudo
pode vir a ser um jogo
de ombros, muxoxo, fechar de livro,

decido me arriscar nestes e noutros
instantes precários, escadas de vertigem.
suponha que haja

enxames de segundos,
que seja a morte do de antes
a origem do seguinte na corrente ininterrupta.

suponha um enxame de segundos
– vivo e mortos, mas somados –
no favo melífluo de uma hora. agora
suponha que dos favos colaborados
tenhamos a abstrata colmeia, o dia,
um único e precioso
dia.

tudo pra que eu ou você, com um cajado,
cutuquemos e deitemos por terra.
tudo pra que eu ou você arranquemos
nacos, lambamos e deixemos o resto
atrás da horda de dedos e dentes, largados.

e depois voltemos, no último ônibus da última linha,
para os arrabaldes.

outro inseto

brevis esse laboro, obscurus fio
horácio

o inseto é
o que de mais belo
fabricou o horror.

(os que voam principalmente: moscas,
por exemplo, bailarinas de
baudelaire.)

o inseto é o que é,
só

carcaça e febre,
corpo e ética.

o inseto não tem alma
nem identidade.
não tem deus, ofícios,
joias e florilégios.

o inseto não adoece,

não definha,
não demora,
nem se despede;

infimitamente – cessa
e desfaz-se.

dilacerado pelo chinelo,
mais tarde nos esflora a face.

(e acaso
a mosca esfolia
a pele morta
do que é velho?)

o inseto é sempre
sua morte iminente,
sua sombra imensa,
sua raiva alegre.

um inseto e outro e outro, sempre
o mesmo inseto,

quase eterno : aspérrimo ponteiro
do breve.

vira-lata

mariposa desasada
cão sem nome

e a eterna ferida
de sarna
e a eterna ferida
de fome

tão sua e muda
a fome-mundo
como que atira
a si seus ossos, longe

e busca

2

encasulada sob a lua
dorme-não-dorme no rocio
lagarta-prestes, bicho-da-
seda sonhando meios-fios

que às aves da fome desperta
e bebe das poças, malaca
e range e rosna, rua e rói
a broa dormida entre as patas

3

(virarruas vagalixos)
pasta sem ossos
na margem da pista

(viramijos vagafossas)
ela toda é a ferida
que coçava e já não coça.

um pássaro voando// o vento passeia as plumas/
do corpo no asfalto

exercícios banais 5

nunca vi alegria igual
a do pássaro comendo larvas
segundos antes de seu show.

eau de cool jazz

chet baker
tocava

trompete ou
copos de leite?

chet chet baker
entre um e outro
pico na veia

fazia
música
ou perfume?

la negra

não cantará
sua respiração de cordilheira
soplará en el rostro de los olvidados

não cantará
seu corpo de cordilheira
abrirá camino entre los soldados

não cantará
sua voz de cordilheira
e cantará

    el latido de la sangre en
    el pulso del resucitado.

2

la negra foi
num só corpo

condor e
cordilheira.

1ª pergunta:

¿cómo enterrar
una cordillera?

3

incendiaram amanhã
(dia 5)
en
buenos
aires
um condor andino.

¡carajo!
un pájaroinfinito.

¿como
uma voz que ainda paira
sobre américas latinas

(latinoamérica
se dice – junto),

como cabe
a voz ancha sin fondo
en una urna de cenizas?

[04/10/2009]

canto I, canto único
(ou: inspeção da carcaça de um anjo por um destacamento de moscas sequiosas)

[人あれば蝿あり仏ありにけり]:
hito areba/ hae ari/ hotoke arini keri*
kobayashi issa

* tradução (adulterada):
onde há homens/ haverá/ moscas e poetas

não, astolfo,
eu não diria “um pássaro de pano
enquanto voa”, eu não diria isso; eu diria:
uma mosca...

uma mosca é mais terrível
que um botão de flor, que a campainha;
uma mosca (e outra mosca e outra ainda)
que pousasse, terrível
nos terríveis,
nos botões e nos gatilhos

em washington, cartago e hiroshima,
em troia e bagdá, em katyn
ou treblinka.

moscas dos verões berlinenses, entre
61 e 89,
passeavam – e livremente –
dos lixões ocidentais, onde
um braço decepado apodrecia,

às fezes semilíquidas
de burocratas do partido.

mosquinhas delicadas, idem:
roçaram os arames, os alarmes e vigias
e punham ovos
nos pomares de potsdam,
na árvore sem lembranças
em que enforcaram também suas crianças
os últimos nazistas.

mesmo ao lancetado cristo, ó
meu cúmplice, quando
debandavam os apóstolos, é bem possível,
que uma ou duas moscas
lhe fizessem companhia.
moscas mesmo sobre os corpos
de heitor e lincoln, menelau ou bonaparte,
aquiles, lênin, nixon.

e se ora elas põem ovos
no tailleur de merkel, na lapela
dos financistas, nos bigodes
de todos os políticos,
na aposentadoria
de bush pai & filho & cia

– como antes
nas florestas da bolívia
pisaram sem coturnos
o rosto mais fashion
do socialismo –,

entortam, isso é certo, moscas-musas,
também a pose de carla bruni (enésima-
neta de cesare, felipe o belo)

suspirando, ciciando uns versos
de emily dickinson...

> *non altrimenti fan di stati i cani*
> *or col ceffo, or col piè, quando son morsi*
> *o da pulci o da mosche o da tafani*

e embora eu ame maiakóvski, o maior
poeta entre os políticos,
e me toquem mais que o claro enigma
as cartas de drummond a stalingrado,
nada impede que seja um "pássaro
de pano" imagem bem ridícula.

nada disso impede, astolfo,
que uma mosca seja a lira, dos homeros
a concisa, cantando aos mortos num campo de batalha;
nada impede

que uma mosca seja tão
ou mais poética
que um avião de guerra, um helicóptero
sobre as torres de petróleo líbio:
pois se a mosca pousa e alça voo, meu
irmão de tinta – cara,
acredita! –,

também levanta os pós e as areias,
também encrespa as águas e cabelos,
espalha as páginas avulsas
dessa tua ilíada.

[março de 2013]

desertos

1 *(deserto da líbia)*

o rancor.
o amor ríspido das pupilas.

respirar, al-quebrado,

como a cáfila equipada
de coisas já perdidas,

um homem que leva
o sol sobre o dorso.

é fato,

há vida/ após a morte//
dos outros.

2 *(gobi)*

e mesmo distante do locus desertus,
nossos objetos
                        desertificados:

lâminas cegas, garrafas vazias, sacos plásticos, cacos
de osso e vidro, canetas sem tinta, fotogramas queimados.

3 *(mojave)*

também o rancor de raras
e linfamintas plantas penadas
o ressentimento seco da pedra
e sobre a pedra um lagarto

estátua de sol e gesso
de sais e sangue e falta

sobre a pedra um lagarto
como a estátua de um lagarto
sobre a pedra.

4 *(thar)*

como se tudo pensasse e pensasse e pensasse
mas nunca dissesse: vocês
que se fodam!

5 *(saara)*

e o céu estrelado é o maior
dos desertos.

6 *(sinai)*

assim mesmo, a metáfora.
e para além da metáfora,
                                        um peixe.

                    (há séculos se bate
                    no seco,
                    mar reduzido
                    a margens de saibro.)

que o milagre
é a mão crispada
para o soco.

que a vida,
                    preciosa e precária,
                    milmorrendo em toda parte,
                    não se dobra nem acede;

desdobra-se breve em mais sede
e revida:
                Vida

às moscas

a avenida estava às moscas
numa cidade vazia.
nenhum carro circulava,
alma alguma vinha ou ia.

mesmo o sol estava às moscas,
quer raiasse ou se pusesse,
como uma poça de urina
que às moscas tanto apetece.

o mendigo estava às moscas
e da mosca se diria
que nervosa, pouso-e-voo,
seus andrajos lhe cerzia.

mesmo o livro estava às moscas,
esquecido em prateleira,
como as frutas já passadas,
como um rio parado cheira.

e também a história às moscas,
sem desastre, troias, glória,
que, se um deus recordaria,
moscas não retêm memória.

poemas enfim às moscas,
prelibando o próprio nada,
lambendo a palavra flor
na folha despetalada...

e as moscas cobriam não
o que morto era estragado;
elas não velavam morte,
e sim um sono agitado:

poemas, história, livro,
mendigo, sol, avenida
despertaram já intranquilos,
moscas de fome renhida.

pois é um viscoso melaço
como se escorre este dia:
um nojo, um refestelar-se,
desperdícios, alegria.

porque assim se escorre a vida,
doce melaço de travos:
desprezivo que delícia,
raro e reles, fezes, favos.

desertos II

céu estrelado, o maior terreno baldio
do universo

uma igrejinha

nada é mais belo, patético, difícil
que uma igrejinha
baldia:

tipo,

o capim no altar, as goteiras,
a infiltração das estrelas,

o latim da mosca, as velas
gastas como pilares do escuro.

eu pelo menos
nunca vi uma igrejinha
abandonada,
mas, se do nada
agora eu vejo
(as lembranças tomadas de mato
e uma única açucena),

algo em mim que remontasse
campeia por dentro,

monta ali acampamento
ou indigência

e me lembro,

tipo,
da poesia,
de algum deus que
não se lembra

Este livro foi impresso em papel pólen 90g/m², tipologia Crimson Text 10/14, no verão de 2018.